KB024483

여기서부터 있는 아름다움

달아실 동시집 02

여기서부터 있는
아름다움

글·사진 박용하

달아실

셋

해 해 해
달 달 달
별 별 별

셋은 너무 크다

내 속에 남아 있는 아이에게 말을 걸듯이
언젠가 나 같은 어른들에게 말 거는 동시를 써 보고 싶었다.

그러다 마흔이 넘어 하나 둘 쓰기 시작했다.

손목에 차고 있던 시계가 거추장스러워 주머니에 넣고 다닌 지 삼십 년이 더 된다.

쉰일곱 살 때까지 핸드폰 없이 살았다.
쉰여덟 되던 해 여름(2020년), '저 선배 그냥 둬선 안 되겠다' 싶었던지
시 쓰는 후배가 택배로 폰을 보내왔다.
건빵바지 주머니에 쏙 넣을 수 있고,
손아귀에 딱 들어오는 폴더폰이어서 좋았다.
그걸로 난생처음 사진이란 걸 찍기 시작했다.

2023년 1월
박용하

차례

풀

사자는
누 잡아먹고

늑대는
순록 잡아먹고

호랑이는
사슴 잡아먹고

잡아먹히는
누와 순록과 사슴은
풀 뜯어먹고

나중에 모두
풀 위로 쓰러진다

제비꽃

낮은 곳에
피었다

발목 근처에
피었다

눈여겨보는 곳에
피었다

부추꽃

무릎
가까이
들여다본
부추꽃

세계였고
우주였네

돌과 나

별은 멀고
돌은 가깝다

발끝으로
툭 툭 차기도 하는
그 가까운 돌

함부로 대하지 마시오

돌의 형제들이
지켜본다오

제비

4년 전에 제비가 와
새끼 키워 갔네

3년 전에도 와
새끼 키워 갔네

지지난해에는 왔다가는 가버렸네
나는 많이 허전했네

무슨 일인지
지난해에도 왔다가는 바로 가버렸네
내가 뭘 잘못했나 싶었네

그랬었는데
올 유월에 제비가 다시 와
옛집을 손보고 새끼 키우고 있네

팔월의 나팔꽃

나팔꽃
피었다

팔월에
피었다

파랗게
피었다

아침에
피었다

호박꽃

사람들은 그렇게 말하지 않았지만
어려서부터 나는 이 꽃이 이뻤다
빗속에서는 더 그랬다

우리는

우리는 입으로 말하지 않는다
우리는 잎으로 말한다

공중 파도

여기 광란의 공중 파도가 요동친다.
어찌 저리 몸서리칠까.
마치 나무를 뿌리째 뽑아 공중들림하려는 듯
나뭇잎카락을 죄다 쥐어뜯는다.

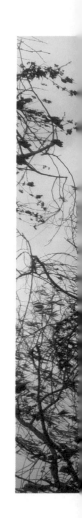

소속

소속이 어디야?
— 무소속.

진짜 소속이 어디야?
— 자연.

구름

구름바다에 비행기 떠간다
구름바다에 눈동자 떠간다

구름의 일은
구름의 일

인간의 일은
인간의 일

구름은
구름 아래의 일을 모른다

오월 열하루

젊어서는 잎이 좋았지
꽃보다 잎을 더 좋아했지

연두꽃, 초록꽃, 단풍꽃, 낙엽꽃

어린 날 뒤뜰에는
꿀벌 뒤덮인
흰 앵두꽃이 만발했었지

여름날 앞마당에는
감꽃이 주렁주렁 등을 매달았지

혼자 보기 아까운
오월 열하루 저 꽃나무
너 있으면 더 환하겠지

젊어서는 잎이 좋았지

봄꽃보다 노릇노릇한 갈잎을 더 좋아했지
사흘돌이로 눈 내리 퍼붓던
똥개 설치던 흰 겨울이 너무너무 좋았지

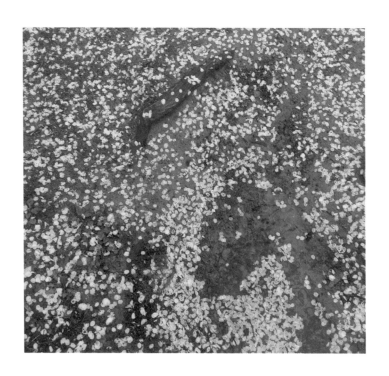

봄날

봄날 땅을 파다
개구리를 찍었다

내가 찍힌 듯
마음이 망했다

내가 할 수 있는 게 없어서
다시 흙으로 덮었다

너와 나

풀을 밟으면
풀이 아프겠다

꽃을 꺾으면
꽃이 울겠다

돌을 깨면
돌의 마음은 어떻게 될까

나무를 베면
뿌리가 암흑이겠다

죽은 새의 깃털이 바람에 날린다

그해
안방 유리창에 부딪혀 참새가 죽었다
감나무 밑에 고이 묻었다

지난해에 죽은 새는
참새가 아니었다
수수꽃다리 밑에 묻었다

올해 죽은 새는
박새가 아니었다
길 건너 밭둑에 묻었다

아직도 우리 집 높은 유리창에는
죽은 새의 깃털이 묻어 있다

가끔 바람에 날린다

육십 세

참새는 아름답다
참새는 아름다운 새다
이 흔한 새가 아름다운 새라고
말하기까지 육십 년이 걸렸다

참새는 솔개처럼 날지 않아서 아름답고
갈매기처럼 날지 않아서 또 아름답다

참새의 비행술 —
숱한 새들이 따라 하지 못한다

참새가 인간의 눈에 아름답게 보인다
작은 새가 아름답다

골목

비가 오나?
눈이 오나?
애가 크나?
개는?

동동이

마음먹고 흰 강아지를 데려왔다
동동이라고 이름을 지었다
이름답게 기운이 넘쳤다

이 녀석이 오기 전
화와 분노가 나를 갉아 대고 있었다
가슴엔 불구덩이가 살았다

녀석과 살기 시작했을 뿐인데
나는 아주 다른 사람이 되어 있었다

이 개가 나를 구했다면 믿겠는가

개 있는 인생

그가 오고 나서
그동안 누구한테도 그렇게 시간을 들이지 않았다는 것을
알게 되었다

그가 오고 나서
내가 그를 키운 게 아니고
그가 나를 키운 것이 되었다

그가 오면서
그의 눈동자, 연신 깜빡이는 귓바퀴, 꼬리치는 말까지 함께
온 것인데
개 진드기와 천둥 번개에 겁먹은 시간들과 함께 온 것인데
결국은 내가 오게 된 것이다

내가 다시 오게 돼서
살아가게 된 것이다
살아가야 하게 된 것이다

그가 오고 나서
그가 아프거나 병들까 봐 삶이 더욱 커졌다

많은 사람들이 세상에서 나갔고
나가고 있건만

그가 세상에서 나갈 때
그를 어떻게 해야 할지 아직은 모른다

나를 어떻게 대해야 할지도

강아지의 힘

1

아이는 강아지를 보면 경악한다
그게 그의 감탄법

하루는 흰 강아지를 데려왔다
내 눈에 다른 빛이 돌기 시작했다

그가 오기 전
나는 나를 가만두지 못했다
남을 찌르기 전에 나를 먼저 찔러 대고 있었다

남을 벗어나기 전에 나를 벗어나야 했다

그가 오고 나서
화가 숨고
분노가 증발하고
하루아침이 하루아침에 바뀌었고

시간이 다른 시간이 되었고
사람이 다른 사람이 되었다

2
아이가 개를 쓰다듬으면
입에 빛이 켜진다
그게 그의 관심법

하루는 흰 강아지를 데려왔다
내 시간이 줄어들자
슬픔이 일어나 앉고
미소가 돌고
나는 그에게 갔다

그는 가끔 늑대처럼 울었고

꼬리를 눈부시게 흔들었으며
천둥소리에 겁먹고 그랬을 뿐인데
나는 자주 비무장 동물이 되었다

그것은
강아지의 힘
강아지의 노래라고 해도 좋았다

나무가 나를 기르듯이
개가 나를 기르고 있다

그가 와서 가르친 것도 아니고
말을 한 것도 아니다

그는 지금 네 다리 쭉 뻗고
낮잠을 자고 있다

동물의 힘

고양이와 잘 지내는 사람을
신기한 마음으로 바라본다

나는 고양이보다는 개여서 그런지
길고양이에게 밥 주는 사람을 놀라운 심장으로 대한다

그들은 똑같은 사람인데 나와는 전혀 다른 사람이어서
십 초라도 나를 생각하게 만든다
나를 더듬게 한다

파충류와 동고동락하는 사람도 있지
생긴 게 그렇지
인간처럼 거짓말을 합니까
배신을 때립니까
그러면서
여러 마리가 몸을 감고 있는데도 태연히 독서를 하는 그 사
람

돼지와 한 방에서 지내는 사람도 있지
그건 차라리 시라고 해야 하지 않을까

제자리서 점프해 담장 위를 훌쩍 뛰어오르거나
날아오르는 참새를 공중에서 낚아채는 광경도 가끔 목격한다

고양이는 이미 신비
꼬리와 털과 걸음걸이에 들어 있는 신비가 백이라면
그 눈동자에 들어 있는 신비는 이백

동물한테 함부로 안 하는 사람은
사람한테도 함부로 안 한다
사실일까?

사람한테 함부로 안 하는 사람은
동물한테도 함부로 안 한다

진실일까?

동물이 식물이라면
식물은 동물이었고
인간은 동식물이었다

고양이의 세계에서 고양이와의 세계로
돌멩이의 우주에서 돌멩이와의 우주로
개의 나라에서 개와의 나라로

하품과 거품

하품은
거품이 없다

하품은 하품이다

누가 하품에 거품을 넣는단 말인가

2미터

차라리 1미터가 맞다고 해야겠군

온종일 한자리에서 누군가를 기다린 적이 있는 녀석은
몇 달씩 몇 년씩 기다리기도 하는 녀석은
반나절도 못 기다리는 사람을 기다리고 있다

네 말 못하는 슬픔은 얼굴 가득 풍겨나고

인간의 가장 오랜 동무에게
인간이여 너무 하지 않나

반경 1미터의 나라에서 무얼 할 수 있단 말인가

대낮

덫에 물린 쥐를
개가 물고 있다

망고

망고는 악어처럼 납작 엎드려 있다
우리는 가끔 눈인사를 주고받는데
내가 손들어 인사하면 당신 뭐야 하는 눈치다

밖에서 우당탕탕 하기에 나와 보니
1미터짜리 줄에 묶여 밭 한가운데서
망고가 페트병을 물어뜯고
플라스틱 통을 빠개고 있다

망고가 오기 전 누렁이는 큰 덩치로
아예 뜬장에서 지냈다
난 그걸 먹여서는 안 된다는 걸 모르고
선심 쓰듯 마른 멸치를 갖다 주곤 했다
어느 해 여름날
이웃집 어른에 끌려 팔려 갈 때
그 집 아주머니는 눈물을 훔치고 있었고
누렁이는 생똥을 질질 갈기며 마을길을 갔었다

내 속에서는 생명에 대한 연민과 비애가 들끓었으나
금방 식어 갔다
금방 식고자 했다

망고는 악어처럼 흙에 납작 엎드려 자고 있다
망고와 누렁이는 이웃집 개 이름

누렁이는 갔고
망고도 곧 가게 되겠지

골목길

누구도 눈길 줄 것 같지 않은 골목길 한쪽 구석에 엉덩이 반쯤 치켜들고 흙 속에 얼굴 파묻은 돌멩이 곁에 노란 민들레와 흰 민들레가 사이좋게 꽃을 터트리고 있다. 그 곁에서 고양이는 낮잠을 오므린다.

감정의 동물

단돈 십만 원에 팔려 가는 이웃집 흰 개와
그 옆집 뜬장 위 누렁이는 어떻게 되었을까?

한 다리 절뚝이는 저 길바닥의 길고양이는?

개가 수시로 교체된다

쌀 두 말에 팔려 나간 미루나무와
그걸 팔아먹은 아버지는 어떻게 되었나?
어머니의 감정은 어떻게 되었나?

돈 아쉬워 팔아 버린 개와
그것도 모르고 학교 갔다 온 아이는 어떻게 되었나?

저녁

엄마 잃은 아이는
어떻게 살까

아빠 잃은 아이는
어떻게 살까

둘 다 잃은 아이는
어떻게 살까

첫 기차

엄마는 새벽에 떠나고
나는 할아버지 집에 남아
눈물을 숨긴다

옛집

할머니와 살던 옛집
누렁이와 살던 옛집
감나무와 살던 옛집
고구마와 감자와 살던 옛집
함박눈과 살던 옛집
밤 파도와 살던 옛집
오솔길과 살던 옛집
자전거와 살던 옛집

집터만 남은 옛집

밤눈

눈 위의
발자국

입김이
나요

어디로
갔나요

이
새벽

얼굴

제 어머니는
베트남 사람입니다

제 어머니는
필리핀 사람입니다

제 어머니는
캄보디아 사람입니다

제 아버지는
한국 사람입니다

제 아버지는
파키스탄 사람입니다

저는 얼굴이
없었으면 좋겠습니다

먹었다오

나는 사람이 되고 싶어
그리움을 먹었다오

나는 사람이 되고파서
기다림을 먹었다오

나는 보고픔에 지쳐
풍경을 먹었다오

나는 기다림에 지쳐
사람을 먹었다오

마음

해와 달 같은 사람을
넣어 두었다

별빛다발도
눈물폭포도
넣어 두었다

한 아이는

한 아이는
뱀이 가장 무섭대요

한 아이는
개가 가장 무섭대요

한 아이는
차가 가장 무섭대요

한 아이는
시체가 뭐가 무섭냐며
산 사람이 가장 무섭다 하네요

돈과 돌

돈 벌러 간 울 아빠
돌이 되었네

돈 벌러 간 울 엄마
돌이 되어 그 옆에 누웠네

나도 그 돌 앞에
돌처럼 섰네

인간의 손길

그녀가 나를 쓰다듬어 주었을 때 나는 몇 살이었나
그녀가 내 볼을 감싸 주기 전
내 머리를 쓰다듬어 주었을 때 나는 몇 살이었나
내 언 손을 두 손으로 녹이던
그 손길은 누구의 손길이었으며
이제 그 손길은 어디까지 떠나갔나
개의 얼굴을 쓰다듬으려 손바닥을 보이며 다가간다
나무의 껍질을 쓰다듬듯이 파도의 숨소리를 쓰다듬는다
사랑한다면 쓰다듬을 것이다
평화한다면 쓰다듬고 어루만질 것이다
쓰다듬는 손이 사라지는 행성에서 그녀는 누구였나

밤 오월

개구리 울음
우거지는
밤 오월

가슴 짙은
엄마 생각

4부
하늘바다

파도와 나

파도는 끼니처럼 밀려왔다
파도는 허기처럼 밀려왔다

파도는 잠결까지
꿈결까지 밀려왔다 밀려갔다

파도 오가는 그 바닷가에서
나는 얼마나 멀리까지 갔나

파도는 끼니만큼 가까이 있었다
파도는 주머니만큼 가까이 있었다

바다

물바다
해바다

가끔은
눈물바다

때때로
웃음바다

우리 머리 위에
하늘바다

동해

그 많은 파도
더 많은 바다

언제 쉬나
언제 자나

흐르는 바아다
구르는 파아도

날개 치는 구름바다
꼬리 치는 파도구름

헬리콥터

— 날고 싶으냐
— 날고 싶으냐

넌들 그리 무겁게 날고 싶었겠느냐
오토바이가 말했다

— 날고 싶으냐
— 날고 싶으냐

넌들 그리 육중하게 날고 싶었겠느냐
썰매개가 말했다

거울

바다는
바다를 본 적이 있을까

하늘은
하늘을 본 적이 있을까

나는
나를 본 적이 있을까

하늘

하늘은 무심하기도 해라
하늘은 무관심하기도 해라
하늘은 무정하기도 해라

하늘 아래에서 벌어지는 일은
하늘 아래가 알아서 할 일

쉬운 숙제

— 쓰레기는 누구의 자식인가?

— 이 행성의 쓰레기를 어떻게 할 것인가?

— 누가 쓰레기인가?

문명 교본

파리를 생각하며
파리를 때려잡는
파리채가 있겠는가

나무를 생각하며
나무를 베는
전기톱이 있겠는가

인간을 생각하며
인간을 향하는
포탄이 있겠는가

파리채도
전기톱도
포탄도 인간이 만들었다

인간의 운명이

파리의 운명과 다르지 않다

문명과 운명이 다르지 않다

이사

저 높고도 높은 하늘 한구석에
해를 박아 두고 왔다

저 깊고도 깊은 하늘 한구석에
달을 박아 두고 왔다

저 넓고도 넓은 하늘 한구석에
별을 풀어 놓고 왔다

여기서부터

여기서부터 있는 울음소리
여기서부터 있는 개 울음소리
여기서부터 있는 슬픔
여기서부터 있는 근심 걱정과 두려움
여기서부터 있는 공포와 불안
여기서부터 있는 나무와 땅
여기서부터 있는 행성
여기서부터 있는 숙제
여기서부터 있는 해와 달과 별
여기서부터 있는 죽음
여기서부터 있는 고양이와 참새의 죽음
여기서부터 있는 여행
여기서부터 있는 노래

여기서부터 있는 아름다움

여기서부터 있는 지금 이 순간의 아름다움

여기서부터 있는 유한
여기서부터 있는 무한

달아실에서 펴낸 박용하의 시집

26세를 위한 여섯 개의 묵시(2022)
이 격렬한 유한 속에서(2022)
저녁의 마음가짐(2023)

달아실 동시집 02

여기서부터 있는 아름다움

1판 1쇄 발행	2023년 1월 30일
글·사진	박용하
발행인	윤미소
발행처	(주)달아실출판사
책임편집	박제영
디자인	전형근
법률자문	김용진
주소	강원도 춘천시 춘천로 257, 2층
전화	033-241-7661
팩스	033-241-7662
이메일	dalasilmoongo@naver.com
출판등록	2016년 12월 30일 제494호

ⓒ 박용하, 2023
ISBN 979-11-91668-64-3 03810